O VIZINHO

Jaime Lerner

O VIZINHO
PARENTE POR PARTE DE RUA

ilustrações de Claudius

EDITORA RECORD
RIO DE JANEIRO • SÃO PAULO
2005

CIP-BRASIL. CATALOGAÇÃO-NA-FONTE
SINDICATO NACIONAL DOS EDITORES DE LIVROS, RJ.

L624v   Lerner, Jaime, 1959-
           O vizinho: parente por parte de rua / Jaime Lerner. – Rio de Janeiro: Record, 2005.

           ISBN 85-01-06877-2

           1.   Literatura infanto-juvenil. I. Título.

05-1889   CDD 028.5
                CDU 087.5

Copyright © 2005, Jaime Lerner
Copyright © das ilustrações 2005, Claudius

Projeto gráfico: Leonardo Iaccarino

Todos os direitos reservados. Proibida a reprodução, armazenamento ou transmissão de partes deste livro, através de quaisquer meios, sem prévia autorização por escrito.

Direitos exclusivos desta edição reservados pela
Distribuidora Record de Serviços de Imprensa S.A
Rua Argentina, 171 – Rio de Janeiro, RJ – 20921-380 – Tel.: (21) 2585-2000

Impresso no Brasil
ISBN 85-01-06877-2

Pedidos pelo Reembolso Postal
Caixa Postal 23.052
Rio de Janeiro, RJ – 20922-970

EDITORA AFILIADA

Para Fani, Andrea, Ilana e Bintilim,
marinheiro cujas histórias juntos inventamos e navegamos.

A grande maioria das cidades no mundo perdeu seu conteúdo
humano quando começou a modificar três elementos fundamentais:
o rio, a rua, a praça.
Nossos amigos habitam esse estranho mundo síntese;
um mundo de vizinhos.
O vizinho é nosso parente urbano
é parente por parte de rua
ou primo-irmão de porta
de mesma descendência: o elevador.

Sumário

1 Gregório, um ser gregário *11*

2 Otto, o automóvel *13*

3 Stribo, o bonde amigo *15*

4 Os três roqueiros inseparáveis *17*

5 Vita, a tartaruga – um bicho da melhor qualidade *19*

6 Dona Memória *21*

7 O Mágico dos Pratos Chineses *23*

8 Skina, o botequineiro *25*

9 Koisicas *27*

10 Moita, o detetive urbano *29*

11 Oens, o garoto que perdeu o rumo *31*

12 Perplexus, o consultor desastrado *33*

13 Peiper, o executivo pedante *35*

14 Emédia, uma gorda apavorada *37*

15 Bóia-fria e Leonor, uma dupla do interior *39*

16 Seu Lilico, o síndico *41*

17 Specs, o especulador, e Negociata, a mutreteira *43*

18 Areaverde *45*

19 A escola *47*

20 O assassinato da cidade *49*

21 Inter-valo *52*

1 Gregório, um ser gregário

Gregório não pode ver ninguém sozinho. Não pode ver ninguém separado dos outros, não quer ver ninguém trabalhando longe de casa, nem rico morando longe de pobre.

Gregório acha que a rua existe para a gente se encontrar; que a vontade de uma pessoa de se isolar deve ser respeitada, mas que a possibilidade das pessoas se encontrarem deve ser facilitada.

Por isso, mal você se distrai, lá está ele de novo perguntando: Fulano, você conhece Sicrano, e apresentando as pessoas. É assim, Gregório não pode ver ninguém sozinho.

Gregório teve um amigo de quem ele tinha muito orgulho: Vinicius de Moraes, e dele guarda uma frase, que é a sua preferida: "A vida é a arte do encontro."

Vive promovendo festinha na rua, só pro povo se encontrar. Suas festas não têm hora; toda a hora é hora de folia. Numa hora, as pessoas ficam observando outras pessoas desfilarem; noutra hora, é o contrário.

Gregório é o animador desse espetáculo. É o presidente da Escola de Samba Unidos da Rua.

Ser gregário é ser Gregório.

2 Otto, o automóvel

Otto, o automóvel, é uma visita inconveniente; é o tipo do convidado de reunião que depois não quer mais se retirar.

Primeiro, ele foi convidado para transportar as pessoas; muito eficiente, chegou e foi logo se abancando. E começou a transportar cargas também. Só que ele não desconfia a hora de sair; e começou a chamar a parentada — o carro esporte, a limusine... todos muito egoístas que não querem transportar mais gente, só eles mesmos.

E cadê lugar na rua; mal acostumado com a falta de espaço, ele começou a tomar conta da rua, depois das calçadas, e as pessoas mal podem andar a pé.

Como bebem muito (normalmente bebida estrangeira, ultimamente abusando do álcool), acabaram deixando todo o pessoal da rua endividado com a despesa. E o pior é que tossem muito, poluem a rua, e estão prejudicando a saúde dos vizinhos.

Um amigo meu disse uma vez que o automóvel é nossa sogra mecânica. Quando vem para ajudar é bem-vinda. Mas como toda sogra, precisa ser domesticada. Senão, ela começa a dominar as nossas vidas.

O pior de tudo é que o automóvel vive a fazer exigências. Cada vez quer mais espaço para ele na rua, as pessoas que se danem.
O automóvel e sua gangue começaram a querer alargar a rua, demolir as casas para construir viadutos para eles passarem.

É um péssimo elemento, vive em más companhias, a jamanta e um sujeitinho convencido, que anda armado, e só porque vive cheio de dinheiro, acha que pode subir na calçada a hora que bem entende: o carro de valores.

3 Stribo, o bonde amigo

De más companhias é que não podemos reclamar, porque Stribo, o bonde, sempre andou nos trilhos.

Puxado por burros, ou a eletricidade, ele sempre foi muito injustiçado. Sempre que expulso da rua, porque achavam que ele tomava espaço, ele se retirava sem mágoa. Trocado pela companhia fácil do automóvel, logo ele fez falta. E quem iria transportar a grande maioria das pessoas, e as que não eram ricas?

Um primo gordo do Stribo, o Bolão, o ônibus, vem fazendo esse papel. Balofo, desajeitado, trabalhador, vai carregando as pessoas pra lá e pra cá. E não escolhe lugar, morro, rua sem asfalto, não importa, lá vai o Bolão, o ônibus carregando o pessoal, às vezes tossindo muito, já quase não dá conta com tanta gente. Tanto que já chamou um irmão, um Onibolão, comprido, o dobro do seu tamanho, e que vive tocando sanfona. Tanto que ela já faz parte da sua roupa.

Stribo e Bolão foram muito injustiçados durante anos. Diziam que eles já estavam ultrapassados. Substituídos pelo automóvel, brinquedinho caro e fácil, sempre acabavam voltando.

Depois acharam que o Metrô, um parente rico do bonde, maior e mais rápido, poderia resolver melhor.

Mas o Metrô se mostrou um primo rico e caro. Para acomodar o primo, foi uma dureza: construções caras, obras muito demoradas. Primeiro, porque ele não liga para a Dona Memória, que zela pela história da rua, e vai arrebentando tudo; rasgou até uma porção de álbuns de família.

Mas não é só de transportar passageiros o papel de Stribo, o bonde amigo. Ele vai puxando o crescimento da cidade, mostrando o caminho para os novos moradores, que vão sempre atrás dos trilhos. Assim, ele vai distribuindo as pessoas, acompanhando seu crescimento.

Para quem está fora do bonde, cada janelinha é um retrato 3x4 dos passageiros, da gente da cidade.

Para quem está dentro do bonde, o passeio é um filme, uma reportagem das pessoas e dos lugares da cidade. O bonde, cada momento é um álbum de retratos da cidade.

O bonde viaja pela memória da cidade.

4 Os três roqueiros inseparáveis

Stribo, o bonde, Gabarita ou Gaby, a empilhadora de casas, e Squeleto.
Esses três são inseparáveis e tocam sempre pela mesma música. Dá gosto vê-los passeando juntos, definindo juntos seu caminho. O Squeleto fazendo a partitura, o traçado das ruas, Stribo abrindo o caminho e Gaby empilhando as casas, arrumando o gaveteiro de apartamentos.

Mas quando eles não tocam pela mesma música, dá a maior confusão. Quando eles tocam juntos, a cidade vai atrás, toda feliz e se desenvolve direitinho, pois tem um caminho claro para crescer.

Quando Gaby começa a colocar muitas gavetas de apartamentos, o bonde não agüenta a carga da gente que mora e o Squeleto começa a se deformar com tanto carro.

O grande problema é que dificilmente eles são convidados pelo mesmo festival. Os engenheiros de tráfego só gostam de ouvir o Squeleto, que, de tanto tocar sozinho, ficou com stress, e já está cheio de ponte de safena. Os construtores são muito chegados a Gaby e gostam de estimulá-la, fazendo-a bisar o número dos apartamentos. E os especialistas em transporte esnobam o Stribo, porque ele é muito simples, não gosta de frescura, e eles adoram seu primo rico e caro, o Metrô, que só toca "underground".

Mas eles entenderam que inseparáveis são insuperáveis. Venceram o último Festival de Qualidade de Vida, em Curitiba, mesmo desfalcados, pois na última hora Stribo foi substituído pelo Sanfonão, o ônibus biarticulado.

5 Vita, a tartaruga – um bicho da melhor qualidade

Vita, a tartaruga, é um bicho da melhor qualidade. Ela não esquenta, não tem pressa de tomar a condução, nem de sair correndo para o trabalho. Por carregar a casa nas costas, ela está sempre junto ao trabalho. Tudo ela faz a pé; por ser lenta não quer dizer que sua vida é chata. Pelo contrário, Vita é muito divertida, porque não precisa viajar para ir ao cinema; tem sempre uma tartaruga-cinema, ou cine-tartaruga por perto.

Se ela quiser fazer "camping", nem falar então: ela é um camping eterno.

Em época de festival de música, todas a invejam e querem carona.

Vocês já repararam que o casco da tartaruga parece uma colméia de células?

O casco da Vita representa as várias funções urbanas. O lugar de trabalho, o lugar da moradia, o lugar do lazer, enfim, um imenso abrigo.

Vocês já pensaram no que aconteceria se o casco da tartaruga fosse dividido e separado em lugares distintos? Ela teria que passar o tempo todo juntando os cascos. Ainda mais lenta como ela é. Não há Vita que agüente isso.

A tartaruga é o melhor exemplo de vida e trabalho juntos.

Não tem a menor inveja daqueles que trabalham num lugar e levam horas para chegar em casa. Os pobres, por necessidade, e os ricos, para os quais não sobra tempo para usufruir do lugar exclusivo que escolheram.

Trabalhando no nível da rua e morando em cima, ela vai levando.

Ela é o bicho de estimação do Gregório. Se todos fizessem como a Vita, Gregório ficaria feliz.

Vita, a tartaruga, é um bicho da melhor qualidade.

6 Dona Memória

Dona Memória não esquece nada; vive contando histórias aos vizinhos. Ali onde era o chapeleiro, aconteceu isso, lá perto da fábrica de chinelos, aconteceu aquilo.

Na venda do seu Euclides, na região da olaria, a igreja, os lampiões, os pisos, ela vai lembrando tudo, porque isso fazia parte da vida dela.

Porque fazer parte da vida é fundamental para as pessoas; fazer parte da rua, fazer parte da cidade.

Porque assim como uma árvore tem raízes, as pessoas também as necessitam, para se agarrarem às suas origens, aos seus costumes, tradições, à sua herança cultural.

Dona Memória, na sua cadeira de balanço, borda as raízes de sua comunidade. O balanço da cadeira, assim como um relógio, marca o tempo, e Dona Memória, olhos cerrados, vai ouvindo o Despertar da Montanha (tocada pelo Artur Moreira Lima, que sem querer entrou nesta história) e bordando seu velho retrato de família.

Na folhinha da cozinha de Dona Memória, onde ela adora guardar as receitas das famílias e das regiões de onde vieram, uma frase do Aloisio Magalhães adorna um festival de bolos, tortas e quitutes de todos os lugares, encontro de paladares e nações: "A história é como um estilingue, quanto mais fundo se puxa, mais longe se alcança."

7 O Mágico dos Pratos Chineses

Nas nossas ruas vive um personagem engraçado: Tsi Da Dim, o mágico dos pratos chineses. Se você pensa que ele ganha a vida num circo, está enganado. Ele pensa na nossa comunidade: cada problema, ele faz girar um prato. Se a área verde é insuficiente, se a rua está esburacada, se a escola precisa de mais professores, e assim ele vai girando os pratos; não pode deixar nenhum deles cair. Ele tem que saber onde girar mais depressa; por isso ele tem mais cuidado com os problemas fundamentais, os pratos maiores, aqueles que dizem respeito a todo mundo: aqueles que tocam os discos dos três roqueiros, o Stribo, a Gabi e o Squeleto, que dizem respeito ao transporte,
a maneira de dispor as moradias e trabalhar.

Os outros pratos, a própria comunidade vai avisando: "olha o lixo que está caindo"; "cuide das escolas"; o prato das praças, o prato dos postos de saúde, sem esquecer o prato do futuro, que sempre tem que ser girado.

Quem está atrás dele é uma mulher bonita, um pouco coroa, de meia arrastão, algumas malhas já rasgadas: é a senhorita Câmara, cuja finalidade é ajudar o nosso Tsi Da Dim para que os pratos não caiam; pois sabem o que faz a senhorita Câmara? De vez em quando joga um pratinho a mais.

Aqui entre nós, nossa Câmara é uma mulher liberada, às vezes mal falada, sofrida, porque o último dos seus maridos, um tal de Arbítrio, não deixava ela sair de casa, muito menos abrir o bico.

Vocês já repararam que todo equilibrista ou mágico de circo só faz seu número ao som de uma rumba? Ninguém consegue dançar na corda bamba se não for com uma rumba ou com um mambo.

É por isso que nossos roqueiros, nessa hora, tocam o mambo do Tsi Da Dim — não esqueça de todos, nem esqueça de mim.

8 Skina, o botequineiro

Ser botequineiro não é fácil: Skina estudou bastante para isso. Começou numa escolinha de bairro, fez ginásio num campinho de fundo de quintal. Mas sua formação analítica vem da Universidade de Beira de Calçada.

Skina conhece os hábitos de toda a vizinhança, é o amigo certo para as horas de angústia. Angústia, diz ele, é um relógio atravessado na garganta, às vezes, uma bomba-relógio.

Logo, todos vão ao Skina para comprar alguma coisa e relaxar. Às vezes só para relaxar.

Ao contrário da bateria de vidro de bala dos outros botecos, cada vidro de bala tem um espaço para cada desejo de um vizinho. Para as crianças, balas mesmo. Para os adultos, letra de samba, queixa de vizinho, bronca de casa, cada um vai chegando, levando ou deixando alguma coisa no seu vidrinho.

Se perguntam se ele não está preocupado com o grande supermercado ou o "shopping center" que vai levar seus clientes, Skina ri tranqüilo:

— Quero ver o pessoal pedir uma cerveja e contar uma bronca de casa pra caixa de supermercado. Quem não compra em boteco armazena seus problemas.

"Já repararam como as pessoas vão ficando com aquele ar pesado, todos carregados de problemas? Aqui temos vidros de balas para todos: Fantasia para as crianças, consolo para os adultos."

Na parede do boteco, também existe a indefectível frase. Só que não é "Fiado só amanhã". Ela diz o seguinte: "Falar é fácil, difícil é lazer."

9 Koisicas

Koisicas é um afinador de cidades. Espécie de contra-regras que vai ajustando o som das ruas, o apito da fábrica, a flauta do sorveteiro, o ranger das carroças. Também regula o jeitão das placas de propaganda (que dizem o que as pessoas fazem), o cheiro das tintas, as luzes dos postes.

É um misto de afinador de piano, coreógrafo, degustador e cheirador por natureza.

Começou sua vida afinando bares, acertando a conversa, o barulho dos copos e o som. Nas escolas, o ranger da tinta do piso, o giz no quadro, a conversa da professora e o passarinho lá fora.

Depois partiu para coisas maiores. Quando alguma coisa não vai bem, ou ultrapassa o limite, Koisicas sofre.

Quando falta alguma coisa na cidade, é porque ela não tem um Koisicas que preste.

10 Moita, o detetive urbano

Toda cidade tem um desenho escondido. Procurar esse desenho escondido é uma arqueologia estranha que vai revivendo antigas edificações, ruas, praças, antigos pontos de encontro, dando novas funções a valores que nos eram caros.

É como descobrir num caleidoscópio aquele desenho perdido.

Se você não sabe o desenho da sua cidade, você não sabe onde está, não sabe para onde essa cidade vai crescer.

Moita, com a ajuda da Dona Memória, vai cavocando, vai procurando os lugares que as pessoas conheciam, os antepassados do Skeleto, o traçado do bonde (é lá que elas passavam), nos lugares que as pessoas se encontravam.

Moita é um detetive que procura sempre esse tesouro, esse desenho escondido. Porque como todo organismo é importante saber e dominar seu crescimento. Da mesma maneira, se as crianças não conhecessem seu corpo, não saberiam como ele vai crescer.

Quando Moita não tem uma pista, ele sempre pede ajuda aos roqueiros: Stribo, o bonde, a Gaby e o Skeleto. Ou quando a cidade é nova, ele pede que eles caminhem na frente, senão Specs, o especulador, dono de imensas áreas ociosas, vai empurrar a cidade para o seu lado.

11 Oens, o garoto que perdeu o rumo

OENS é um garoto perdido; o pouco que desconfiamos é que é um sueco que veio do Oeste, primo do ESON, um grego que veio do Este, ou quem sabe de um tal de SENO, um gaúcho que veio do Sul, ou quiçá do NESO, um Nortista.

Nasceu num conjunto habitacional, sem rua nem número, Bloco B, rua 11, parece que nem ele se lembra muito bem.

Outro dia esqueceu a bússola na rua; aí, já não sabia se o seu nome era ESON ou SENO ou NESO.

Seu maior amigo é o Zoeira, um piolho de "shopping", garoto que vive vestido de grifes, meia Furucci, tênis Maike, calção Ardidas, camisa Lapeito.

Um dia, quando Zoeira encontrou um garoto de calção e camiseta sem marcas, calçando alpargatas, pensou que era um ser do outro mundo.

Zoeira, o piolho de shopping, e OENS não conhecem ruas com nome de gente, nem sabem quem é Dona Memória; quem é essa gente, perguntam, marca de que roupa eles eram?

Do mundo só ouviram falar em Miami; nunca conseguiram tirar carteira de identidade com a rua.

Podiam morar em qualquer lugar do mundo, nem se dariam conta; nem vegetar conseguiriam, pois em nenhum lugar criaram raízes.

Como sua memória é ligada a códigos, marcas, bits, e esses códigos estão sempre mudando, eles sempre estão perdidos. Ontem quase embarcaram num caminhão de lixo, pensando ser novo modelo de carro; amanhã numa betoneira, pensando ser parque de diversões.

OENS e ZOEIRA não só estão por fora; nunca estiveram é por dentro de coisa alguma.

12 Perplexus, o consultor desastrado

Tem um cara aí na rua que é um perguntador?
Que faz um perguntador? Pergunta aonde é que você vai, de onde é que você veio, se você vai trabalhar, que tipo de condução você toma, pergunta tanto que não sabe bem para quê.

Perplexus pergunta tanto porque é inseguro. Pensa que perguntando mais ele vai saber mais, e fica aí inventando moda.

Perplexus fica anos fazendo perguntas, escrevendo tudo que já sabemos, e jogando tudo no pobre do computador, que já disse:
"Se você não sabe perguntar, o que é que eu vou te responder? Não jogue porcaria na minha padaria, porque por melhor que eu cozinhe, só vai sair porcaria. Algumas das receitas com que eu trabalho são para organismos já crescidos, já conhecidos, e de outros países. Para organismos em crescimento, tenho que usar outro fermento, e preciso de uma direção, pois enquanto você pergunta tanto, a massa já expandiu."

13 Peiper, o executivo pedante

Peiper é um executivo pedante que mora numa cobertura (na realidade seu nome é Silva); sua profissão consiste em complicar as coisas simples e transformá-las em coisas complexas. Se um botequim vai bem, ele deduz que os negócios precisam ser diversificados, economia de mercado etc. e tal, e faz um relatório que aconselha a crescer. Se uma loja se queixa das vendas, ele já vai aconselhando. Se uma cidade tem algum problema, ele já vai trazendo soluções sofisticadas e importadas.

Tem um admirador constante no Perplexus, inseguro que só ele, doido por comprar a última novidade.

Todos os meses, Peiper viaja a Miami, Paris, Londres, Nova York e nos traz as coisas que eles estão abandonando: ioiôs coloridos, suspensórios de matéria plástica, viadutos, free-ways, shopping centers, centros administrativos, todos acompanhados de relatórios de capas bonitas e linguagem estrangeirada.

A frase de cabeceira do Peiper é a seguinte: "País subdesenvolvido é o que compra como última novidade o obsoleto."
O Peiper é amigão de um sujeito também posudo, o Currículo, que fica contando o tempo todo o que ele já fez. Mas que cara mais chato!

14 Emédia, uma gorda apavorada

Emédia é uma senhora gorda que vive pensando em tragédia. Mora numa casa enorme, com quartos enormes, a maioria vazios, sobrando, porque ela teve medo que não fosse comportar.

Emédia sempre vive achando que a rua não agüenta o número de carros, e que é necessário alargá-la. Que o viaduto tem que sustentar todos os automóveis do mundo ao mesmo tempo. Que vai haver a enchente do século na rua e que é preciso construir um enorme canal. Resultado: a rua fica muito larga e as pessoas não se sentem à vontade; o viaduto é enorme e estraga com a paisagem; o canal fica sendo construído durante anos e anos.

Tudo isso custa muito caro. Porque Dona Emédia sempre pensa em máxima tragédia. Sempre exagera o que pode vir, prejudicando o que está acontecendo agora no dia-a-dia.

Dirão vocês que é preciso ser precavido; não, Dona Emédia é muito avoada, exagerada e insegura; tudo isso, ao contrário do que muitos pensam, é falta de previsão.

Porque rua para carro é uma coisa e rua pra gente é outra.

Uma enchente de 30 em 30 anos incomoda menos que anos e anos de construção de um canal, e mesmo porque as margens dos rios nunca deveriam ser ocupadas, nem os rios retificados.

Dona Emédia é prima de um sujeito grã-fino, dos que usam fraque e cartola, o Desperdício, gastador emérito, que gosta de ficar rondando gabinetes de governo.

O Desperdício tem complexo de inferioridade e gosta de comprar bugigangas, viadutos, "minhocões", centros administrativos, sedes, principalmente do Peiper, que é seu vendedor preferido. Chegado a um estádio de futebol, novos aeroportos, grandes obras, e nisso ele sempre exagera no tamanho, porque Dona Emédia faz a cabeça dele.

Despercídio anda agora muito interessado em Usinas Nucleares.

15 Bóia-fria e Leonor, uma dupla do interior

Moram mal, pobrinhos que só eles, os mais pobres da rua; vivem na favela que começa a crescer ali pertinho do rio.

Bóia-fria acorda cedo para pegar um caminhão que o leva para o trabalho, em época de colheita, numa grande fazenda no campo. Mas, você vai perguntar, se ele trabalha no campo o que é que ele veio fazer na cidade? Ele morava com a mulher e filhos na fazenda grande. A vida não era uma maravilha, mas dava para alimentar bem a família, que o ajudava nas tarefas. Uma hortinha bem-cuidada ajudava a manter o pessoal. Mas veio a soja, o gado, a grande cultura, as máquinas e os pequenos lavradores foram obrigados a migrar.

Cedo, bem cedo, ele prepara seu farnel, às vezes leva mulher e filhos, e lá vai ele sacolejando que nem carga. Trabalha de madrugada à noite e come sua comidinha fria, daí seu apelido.

Leonor, assim como bóia-fria, veio do interior; morava numa cidadezinha pequena, bonita, onde todos se conheciam, com ruas bem-cuidadas, os toldos das lojas anunciando os negócios com os nomes dos seus proprietários ou sua origem: Alfaiataria de R. Mendo, Armazém de J. Natal & Filhos, Açougue Batavo; o rio ainda dava para pescar e pela pracinha, à tardinha, desfilavam seus moradores.

De repente a cidadezinha começou a ficar pobre. Um dragão chamado UNIÃO começou a ficar com tudo que ela produzia. O dragão — instalado num planalto central —, há uma vintena de anos, até que deixava as cidadezinhas em paz. Mas seus escudeiros nunca gostaram da gente do interior (nem da cidade grande). E esquentavam a cabeça do dragão daí a origem das chamas. Segundo seus escudeiros, a única coisa que acalma o dragão, é uma dança de roda, uma ciranda financeira, ao som do hino da dependência. E as grandes labaredas ameaçando as cidades, levando grande parte do dinheiro que as cidades produziam.

As ruas já não eram as mesmas, água, luz e esgoto já não havia para todos os moradores. O comércio começou a decair, os empregados diminuíram, poucas casas novas foram sendo construídas, a prefeitura mal conseguindo pagar as professoras das escolas, e as pessoas sem oportunidade começaram a abandonar a cidade. Foi o caso de Leonor.

Bóia-fria e Leonor formam uma dupla caipira que canta na rádio Migrante.

16 Seu Lilico, o síndico

O síndico da rua é um líder natural. Não é por acaso que ele é o dono do Armazém Participação. Como o nome bem diz, todo o pessoal da rua é sócio do armazém.

De manhã, já bem cedo, está o seu Lilico atrás do balcão atendendo as pessoas. Todos os pedidos ele vai pesando na balança.

Quase sempre o armazém está lotado de gente, todos querendo ser atendidos antes. Algumas pessoas, às vezes, pedem a um intermediário — o Claudionor, o Vereador — que conhece bem o pessoal da rua e sabe o que pedir ao Armazém. (Às vezes ele exagera, porque quer arrumar um emprego no próprio armazém.)

Pavimentação, valeta, ajuda, transporte, saúde, escola, e toda espécie de pedido.

Às vezes não há tempo para se fazer embrulho para presente; nessa hora, quase sempre, é Claudionor, o Vereador, quem ajuda. Tem sempre muita gente na rua, gritando, reclamando dos preços, com ou sem razão, quase um exército da salvação, a quem seu Lilico também dá atenção.

Seu Lilico é um homem sábio; sabe que não dá para atender a todos. Que às vezes o pessoal da rua só sabe colocar suas necessidades, quase sempre problemas individuais, e ele entende ser justo isso.

Mas se pensar só no problema de cada um ele não vai resolver o problema da rua como um todo. E o que a comunidade junta pode fazer: o seu potencial.

Por isso, ele sempre pesa de um lado da balança as necessidades, e, no outro prato, as potencialidades.

Diz ele que esse é o segredo do seu armazém.

Não sei por que, de quatro em quatro anos, ali por novembro, seu Lilico atende as pessoas com melhor atenção ainda, e alguns produtos são colocados em liquidação, e às vezes até de graça. Às vezes distribui até folhinha.

17 Specs, o especulador, e Negociata, a mutreteira

Não é só de gente boa que nossa rua é composta. Tem um casal, que a rua toda vive torcendo o nariz: Specs, o especulador, e Negociata, a mutreteira.

Specs não pode ver uma casa que o pessoal da rua tenha uma simpatia que ele já quer derrubar para construir um prédio no lugar.

Ou então adora segurar um terreno vazio, sem fazer nada, enquanto todos os vizinhos se esforçam para melhorar a rua, valorizando o terreno. Só quer saber de sugar o esforço dos outros.

Negociata, a mutreteira, pouco se importa com a rua e com seus vizinhos: sempre consegue pegar algum produto do Armazém Participação para vender mais caro lá fora. Ou fica arrumando negócios para Specs; às vezes uma melhoria num trecho de rua onde Specs já tem terreno, ou conseguir um aumento na passagem do ônibus.

O especulador e a mutreteira gostam de fazer festa para a senhorita Câmara.

18 Areaverde

Nossa rua tem um guardião: é o Areaverde. Ele zela pela preservação da paisagem e do meio ambiente, isto é, pela qualidade do ar e da água.

Ele tem um álbum com fotografias e mapinhas de todas as árvores, bosques e florestas. Não deixa derrubar árvores nem pintar colarinho branco nelas.

Tem um cuidado especial com os rios e suas margens: ele os quer bem tortinhos. Quantas cidades não pagam caro pela modificação dos seus cursos d'água. Se a natureza foi sábia em fazê-los sinuosos, a estupidez da retificação fez com que a maioria dos rios nas grandes cidades passassem a correr mais rápidos. Resultado: milhões gastos para tornar as enchentes ferozes.

Pode parecer que ele é um sujeito chato, meticuloso; nada disso; ele é um cara meio desligado, embora de origens nobres, cabelinho verde, de nome meio pomposo, parece um conde: Metro Quadrado de Areaverde. É filho de um casamento muito bonito, da Natureza com o Meio Ambiente.

Areaverde tem uma namorada, moça bonita que já foi capa de revista, a Paisagem.

Muito ciumento, Areaverde não deixa ninguém mexer com a Paisagem. Não pode ver nada que mude a beleza natural dela. Qualquer adorno, principalmente nas suas partes mais ondulantes, suas elevações, suas curvas, deixam Areaverde furioso.

Mas, ela é uma mulher muito disputada. Não são poucos os candidatos que querem mexer com a Paisagem e vivem oferecendo muito dinheiro, vantagens e mordomias. Muitos querem a Paisagem só para eles, mas piores são aqueles que querem estragá-la, deformá-la com enfeites de mau gosto, modificando sua beleza natural.

Fundo de Vale é um amigo fiel e quase desconhecido do Areaverde. É o que sofre mais as conseqüências dos deterioradores; por ser muito humilde, tem gente ruim que dele se aproveita, usando-o como emissário, tratando-o muito mal, jogando sujeira nele e às vezes até esgoto.

Ele aceita tudo quietinho, mas às vezes quando chove Fundo de Vale se enche e daí devolve tudo na casa de quem jogou.

O pior é que existem aqueles que querem corrigir o Fundo de Vale só porque ele é tortinho, inventam de fazer operações caras; e ele não gosta. Toda vez que tentam endireitá-lo à força, ou, pior ainda, quando o cobrem de concreto, ele acaba se vingando. E resmunga "se vocês querem me ajudar por que não me dão mais espaço em volta, e me livram dessas pessoas más que vivem jogando sujeira? Não preciso de operações caras para ser corrigido nem quero roupa nova; apenas me deixem em paz, me tratem bem, que eu protejo a saúde de vocês".

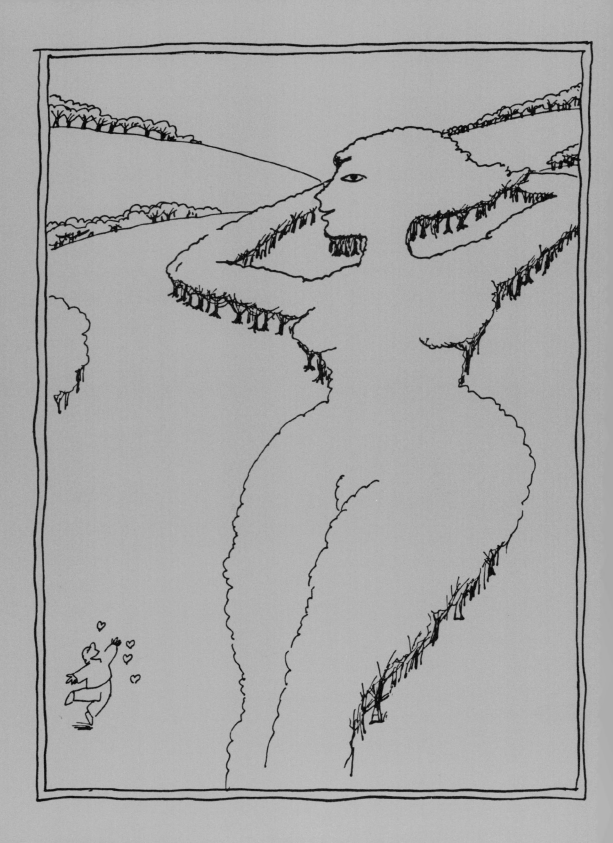

19 A escola

A escola da rua é diferente das que conhecemos. Não tem as salas de aula tradicionais, e a mesma coisa pode se dizer das professoras.

A primeira, Dona Fantasia, toda risonha, é muito solta. Deixa sempre as crianças à vontade.

No lugar das carteiras, as crianças ficam de frente para a janela, e a professora nunca pede para prestarem atenção — pelo contrário, sempre diz, continuem sonhando. De aula prática sempre visita a circos, navios, barcos e todas as coisas que iluminam os olhos das crianças.

A outra professora é a que faz a chamada, embora seu nome sério, é muito ligada na gente, é Dona Identidade.

Suas aulas, também completamente diferentes do que se conhece, se limitam a projeção de imagens com a foto dos vizinhos, descrições sobre o que as pessoas fazem, qual a atividade delas, cantigas e músicas do lugar, gravações dos sons da rua, vidros de cheiros das ruas, descrição das casas que gostamos, a história das casas e das pessoas.

No recreio, um palhaço diferente nos diverte de vez em quando. Não tem nariz de bola, não vive tropeçando e caindo ou levando baldes de água e serragem na cara; mas nem por isso é menos engraçado. Ele simplesmente imita as coisas ridículas das pessoas sérias, ou as coisas sérias das pessoas ridículas. Seu número principal é a mímica, que ele faz com o discurso da grande maioria dos políticos.

20 O assassin

cidade

O primeiro a reparar foi o Gregório: Não era um fim de tarde como os outros. Uma estranha sensação de vazio o acompanhava; havia pouca gente na rua, as pessoas iam diretamente para casa, não passavam para conversar.

Já há algum tempo não eram necessários esforços nem apresentações para as pessoas se encontrarem. Gregório andava muito feliz ultimamente. A cidade, ponto de encontro das pessoas de todas as classes, acontecia naturalmente.

Mas, desta vez, ninguém queria conversa; a rua era só passagem; parecia um estádio se escoando.

O golpe veio de madrugada. Prenderam Tsi Da Dim, o Mágico dos Pratos; as coisas começaram a ficar fora de controle. Com a volta do Arbítrio, que voltou disfarçado de Demicrat, a senhorita Câmara logo se entregou. Bloquearam as informações e compraram alguns meios de comunicação. Que transformação na Câmara; esperava-se que ela tivesse sido bem escolhida.

O ataque a Dona Memória foi brutal; pilharam a sua casa. Arrancaram o bordado da sua mão e rasgaram todos os álbuns de retrato das famílias e forçaram-na a tomar um sedativo. O objetivo era o de apagar qualquer ligação com o passado.

Amarraram o Areaverde e brutalizaram a Paisagem. Submeteram-na a toda sorte de torturas. Coitada, tão bonita.

Cortaram o Fundo de Vale; tentaram à força corrigi-lo e o efeito veio em seguida. Enchentes atrás de enchentes e a população sofrendo.

Como eu estava dizendo, o golpe foi fulminante. Daí para o seqüestro de seu Lilico foi um passo.

Colocaram outro gerente no Armazém Participação; as conseqüências foram imediatas. Abriram as portas para toda espécie de pedidos e o prato das necessidades começou a pesar demais e foi lá para baixo; nem se preocuparam mais com as potencialidades.

Claudionor encheu de empregados o armazém, e o nosso gerente tudo aceitava. Os próprios novos empregados ajudaram a pilhar o armazém, e em pouco tempo acabaram com o estoque. Sempre é bom botar a culpa no antigo síndico, o seu Lilico. E começaram os inquéritos. Teria que haver culpados.

A rádio Migrante foi tomada. Agora quem canta não é mais Bóia-fria e Leonor. A música tocada é importada, pagando royalties para fora. De tempo em tempo, um noticiário falso é transmitido.

Começaram as acusações ao Stribo — a primeira coisa foi tirá-lo da linha —, deportaram-no, e ainda por cima pavimentaram em cima dos trilhos com asfalto.

Novos tempos.

A gangue do automóvel começou a tomar conta da cidade. Agora todo o dinheiro do Armazém Participação destina-se ao automóvel e todos os seus caprichos atendidos: volta-se a falar em viadutos, e dona Emédia sempre com a máxima tragédia passa a ser mais ouvida.

Os interessados em grandes obras estimulam-na agradando-a com uma saraivada de caixas de doces.

Perplexus lavou as mãos; o que ele alega é que precisa investigar mais, precisa fazer mais pesquisas. Enquanto isso, a gangue se aproveitando.

O novo síndico começa a comprar a parafernália de bobagens que o Peiper está lhe empurrando, e já pensa em sede nova. O armazém, outrora com bom estoque, está falido.

Tempos novos, música nova. Agora quem manda é o Specs e a Negociata, outrora aquele casalzinho malvisto. Estão com a bola toda. No lugar da Gaby, a empilhadora de casas, colocam o Espigão, seu filho de criação. Enchem a cidade de gente da turma dele, capangas enormes, os espigões. Cada quadra está cheia de espigões.

Vita, a tartaruga, não consegue mais viver nestas condições. Não tem a menor possibilidade de sobreviver; Vita está deprimida, querem obrigá-la a se separar do casco. A qualidade de Vita está caindo, pois ela é obrigada a se deslocar muito.

Na cidade do automóvel, Specs e Negociata começam a obrigar Bolão e seus amigos a correr muito, e a aumentar o preço da passagem.

À noite Bolão e seus amigos são presos na garagem. Specs e Negociata têm áreas imensas afastadas da cidade e usam o Peiper para vender viadutos, grandes equipamentos, e freeways para valorizar sua área. Daí transformar a área rural em urbana é um passo.

Skina e Koisicas presos e amarrados um ao outro vão ser queimados no imenso microondas de um Birger King ou Mac Ronald's.

As lesões à Paisagem continuam; as chagas são enormes, não se sabe quanto tempo ela resistirá.

Enquanto isso, Specs e Negociata obrigam os dominados a dançar a ciranda financeira. Os tambores do capitalismo selvagem soam e anunciam a negra noite que se aproxima.

Interrompemos essa história para um pequeno comercial: o Sabonete Demicracia, o que tem mais espuma, só a espuma da Demicracia lava mais branco.

O Armazém Participação, agora com uma filial em cada bairro.

Autocrata veste hoje o Liberal de ontem.

Nove entre dez Governadores usam Aliança, o sabonete das estrelas.

Restaurante Velha República agora sob nova direção: República da adesão.

Presos no forno de microondas, prestes a se tornarem sanduíches, Koisicas e Skina lutam desesperadamente para livrar-se das cordas e do queijo que começa a derreter. O que seria Cheese-Koisicas e Cheese-Skina começa a tomar forma, mas eles conseguem se soltar; se escondem na (indefectível) folha de alface King e ganham a rua em desabalada carreira.

O quartel da resistência está agora no botequim da Skina, sem possibilidade de comunicação e com a censura estabelecida na Rádio Migrante, começam a funcionar os volantes que Skina e Koisicas colocam nos vidros de bala. As crianças disputam avidamente as balas Liberdade, que têm como figurinhas, os roqueiros, Dona Memória, a Paisagem, Areaverde, Skina...

Um imenso movimento de vizinhos começa a tomar corpo.

Alguém precisa encontrar de novo os antigos caminhos que formavam a cidade, e a partir daí para o reencontro das pessoas, libertar a Paisagem, reabilitar o Stribo, expulsar o Espigão, recuperar o Tsi Da Dim e libertar a cidade das mãos do Specs e da Negociata.

Os volantes dos vidros de balas precisam encontrar Moita, o detetive urbano. Ele precisa encontrar os antigos caminhos, o desenho perdido.

E Moita começa a trabalhar em silêncio. Fundamental é encontrar Dona Memória, ela tem a pista. E se Stribo ou Sanfonão voltassem, talvez cavocando pudessem encontrar os trilhos do seu antigo caminho.

Koisicas tem algumas informações, ele sabe onde as coisas estão ruins.

Os antigos sons, o cheiro das ruas, as luminárias, o calçamento; pouco a pouco, Koisicas vai sentindo onde as coisas passaram por mudanças recentes. Moita descobre um lambrequim ainda pendurado no telhado, folhinhas de armazéns, sem dúvida, por aqui passava um antigo caminho.

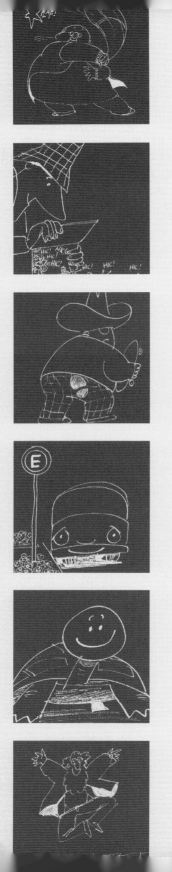

Enquanto isso, o movimento dos vizinhos muda o Gerente do armazém e elege outro; estoque para as necessidades é importante, mas renova-se o prato das potencialidades: trazer o Stribo de volta, criar novos empregos.

Mas não estamos livres ainda do Specs e da Negociata. Eles ainda dominam a Rádio Migrante, e atraem os mesmos com novos programas para desviar a atenção da população.

Dona Memória e o Stribo ainda lutam com seus algozes. Uma bolsada de Dona Memória acerta em cheio um Espigão que ameaçara ficar na Praça da Matriz. Uma trombada do Stribo derruba um Minhocão que avançava em direção do Passeio Público.

Moita solta uma legião de formiguinhas bêbadas, que sabem muito bem onde estavam os botecos e armazéns, parada e encontro dos antigos caminhos. Começa a se esboçar o desenho escondido. Stribo e Dona Memória vão ajudando a reconstruir os caminhos.

Libertam o Tsi Da Dim que começa a rodar os pratos novamente, e as coisas retomam os seus lugares.

Mudam a senhorita Câmara, e limitam a ação dos espigões. Gaby é solta no momento que Specs e Negociata estavam forçando-a a assinar a autorização para mais um Espigão.

O Peiper recebe um convite para se retirar da cidade: é "persona non grata", e pode contar isso para o seu Currículo.

O automóvel passa a ter sua atuação limitada e não estimulada.

Começam os curativos na coitada da Paisagem. Vai levar algum tempo para livrá-la dos traumas.

Vita, a tartaruga, reencontra seu casco e recupera sua qualidade.

Os três roqueiros fazem seu retorno no Festival (de Qualidade de Vida).

E Specs e Negociata, vocês não vão acreditar, depois de expiar seus pecados, pregam agora numa nova seita, Irmão Generoso e Irmã Virtude são seus novos nomes.

Skina, o botequineiro, volta a ver seus vidros de bala preenchidos novamente e a conversa corre solta no botequim regada pela cerveja.

Gregório, de cima dos telhados, é todo felicidade: as pessoas novamente se encontram na rua.

Koisicas meticulosamente vai afinando o fim de tarde, apitos, cheiros, conversas, pausas.

A cidade retoma seu curso. Está salva.

O texto deste livro foi composto no desenho tipográfico
DIN MITTELSCHRIFT em corpo 10,2 e entrelinha 16
e impresso em papel couché 120 g/m² na Antograf